AF583184

Ojos de padre

Fernanda Olea Burgos

EDIQUID

Ojos de padre

Editado por: Corporación Ígneo, S.A.C.
para su sello editorial Ediquid
Av. Arequipa 185 1380, Urb. Santa Beatriz. Lima, Perú
Primera edición, setiembre, 2022

ISBN: 978-612-5078-36-0
Tiraje: 50 ejemplares

Hecho el Depósito Legal en la Biblioteca Nacional del Perú N° 2022-08308
Se terminó de imprimir en setiembre de 2022 en:
ALEPH IMPRESIONES SRL
Jr. Risso Nro. 580 Lince, Lima

www.grupoigneo.com
Correo electrónico: contacto@grupoigneo.com
Facebook: Grupo Ígneo | Twitter: @editorialigneo | Instagram: @grupoigneo

Diseño de portada: Susana Santos
Corrección: Alejandra Araujo
Diagramación: Gerardo Hernández B.

Colección: Nuevas voces

Contenido

A Mario.
Intenté llevar al papel el amor, el dolor
y las ganas de seguir viviendo.

Gracias por hacerme parte de esta historia.

La historia nunca dice adiós.
Lo que siempre dice es un hasta luego.

Eduardo Galeano

Capítulo I

Era una tibia mañana de febrero. Marito se acercó a su padre con su mirada dulce. Lo había visto prepararse y sabía que debía viajar. Claro que esta vez era un viaje más corto: iría con su hermana a Puerto Montt.

En cuanto vio que su padre se agachaba para tomar sus zapatos, se abalanzó sobre él y ambos rodaron por la cama. Las pueriles risas atrajeron la atención de Natalia, quien llegó para sumarse al juego. La alegría de los niños complementaba la felicidad del padre, el sentimiento de tranquilidad y armonía, esa paz generada por el amor. Habían sido años complicados; su pasado por el liceo de hombres y su estancia en el internado de Temuco eran ahora recuerdos de una etapa ya ocurrida y superada con creces. El hogar, un buen trabajo, una situación económica envidiable y dos maravillosos hijos completaban aquel cuadro de mañana de febrero.

Su esposa apareció en la puerta para recordarle que ya era hora de partir. Los niños, aferrados al padre, le hicieron prometer que volvería pronto y que a su regreso saldrían de paseo al lago o quizás a la cordillera. Ya le habían reclamado por no haber podido pasar esa semana de vacaciones en la casa de los abuelos paternos, pero las obligaciones apremiaban y la vida laboral no iba de acuerdo con el receso escolar. Irían luego. Pasaron un fin de semana maravilloso en el matrimonio de Luisa, la menor de las tías paternas, habían viajado bastante y el acuerdo era que debían descansar.

Los niños acompañaron a su padre afuera y le cubrieron de besos el rostro. Marito corrió a abrazarlo.

—Te amo —le susurró al oído en un fundido abrazo.

Su ceño fruncido le indicó al padre la disconformidad ante la separación.

Capítulo II

—Pero ¿por qué no podemos ir?

Los niños no entendían las excusas esgrimidas por sus padres para no realizar juntos aquel viaje al lago. Era un día maravilloso, había un sol radiante y ellos estarían encerrados en la casa de campo donde se encontraban los primos de la familia durante los meses de verano. La tía Mirta consideró que los pequeños tenían razón: el lago no estaba tan lejos y era un viaje que habían hecho otras veces. No había ningún motivo para que ahora fuera diferente, pero ¿quién los acompañaría? Ellos tenían una reunión y la fábrica no iba a funcionar sola.

Denis aseguró que podía acompañar a sus primos. Si bien era joven, los niños eran obedientes y la respetaban. Obtuvo su licencia de conducir un par de meses atrás, no quedaban obstáculos para que hiciera el viaje. Sus dieciocho años eran suficiente garantía.

Natalia y Marito le insistieron a su madre para que les diese permiso. Se portarían bien y serían niños buenos... aunque ya lo eran. Ella estaba un poco incómoda: a pesar de que confiaba en sus hijos y en su sobrina, su marido no estaba y antes de que partiera no se había hablado de viajes sin ellos. Al final, accedió.

Apresurados, corrieron en busca de sus trajes de baño y toallas de playa. Se preparaban para una tarde inolvidable, y lo sería.

Ya en el *jeep*, los demás niños se despidieron de sus padres y entonaron canciones que los acompañarían durante el viaje.

Mientras tanto, sus tíos se dirigieron a la reunión. Era preciso establecer alianzas estratégicas que les permitieran crecer como empresa y posicionarse como la fábrica que querían ser.

Se adentraron en la carretera con rumbo al sur, en dirección al lago Llanquihue. Los niños, felices, cantaban e imaginaban todas las entretenidas travesuras que harían una vez que estuvieran allá. Denis los escuchaba con alegría, pensando en la gran responsabilidad que sus tíos le habían confiado al dejarla ir a cargo de un grupo de doce niños. Si bien eran sus primos y hermanos, ella era la autoridad.

Quiso cambiar la música, pero no sabía dónde habían quedado los CD. De pronto, recordó que estaban en la guantera del *jeep*, así que se estiró para alcanzarla. Cuando la abrió, cayeron todos los objetos que allí se encontraban. Miró la carretera y, puesto que estaba desierta, extendió su brazo hacia el piso para buscar el porta CD. Como no pudo encontrarlo con el tacto, desvió su mirada con la intención de localizarlo.

En ese momento, el *jeep* se salió de su pista, dirigiéndose hacia la barrera de contención. Al sentir que perdía el mando del auto, Denis dio un fuerte giro al volante, lo que hizo que se trasladara con violencia hacia el bandejón central de la calzada e impactara de lleno contra la barrera central. Movió el volante de nuevo en un brusco movimiento que terminó por sacarla de la carretera, donde finalmente perdió el control del vehículo, el cual dio varios tumbos sobre el camino.

Los gritos de los niños dieron paso a un silencio que solo fue roto por quejidos lastimeros. Denis se enderezó. Las ruedas del lado derecho del *jeep* seguían girando. Ya incorporada, abrió la puerta del auto y comenzó a llamar a los pequeños. Cuando estos hubieron bajado casi en su totalidad, se dio cuenta de que el parabrisas estaba roto y que de él caía un fino hilo de sangre. Desesperada, miró a los niños a su alrededor y comprobó con horror que faltaban dos de sus primos. Desde dentro del volcado vehículo, Patricia llamó a Denis, quien, como pudo, la sacó de entre los asientos, donde había quedado luego del accidente.

Mientras tanto, otros automovilistas llegaron para prestar auxilio al malogrado viaje infantil. Natalia fue quien divisó a su hermano, tirado en la carretera un par de metros más atrás. La fuerza del impacto lo había expulsado por el parabrisas. Sin duda, la sangre que Denis había visto era de él. No supo cómo, pero de pronto se vio rodeada de sus padres y tíos, quienes trataban de apoyarla mientras hablaba con los carabineros.

En el piso, Silvia abrazaba el cuerpo de su pequeño hijo, quien se desangraba en aquella fatídica carretera. Natalia estaba dentro del auto de su tío Jaime sin creer aún lo que había ocurrido. Se preguntaba por qué su hermano estaba ahí. Los niños seguían en shock. Lloraban, presintiendo la tragedia.

Capítulo III

Marcela y su padre estaban sentados en aquel colorido restaurante de Angelmó cuando sonó el teléfono. Mario respondió sin dejar de mirar el mar. Conversaba con aquella hija de juventud que cada cierto tiempo le visitaba y a la que trataba de dedicarle tiempo para estar juntos y ponerse al día. A medida que fue escuchando esa funesta llamada, su rostro fue adoptando una mezcla de expresiones que al final no se podían manifestar en una sola emoción.

Se puso en pie antes de colgar. Intentaba explicarle a Marcela lo que él mismo no podía entender. Se subieron al auto y tomaron rumbo a la carretera. Cuando llegaron, pudo divisar el auto volcado y a su niño, su hijo, tirado en el suelo frío, ya inerte.

Su mujer lo miró con los ojos nublados de angustia y de llanto, pero él solo pudo apartarla con el antebrazo para avanzar hacia su pequeño. Arrodillándose a su lado, lo tomó en sus brazos y, con los ojos ahogados en lágrimas, hundió la mano en la cabeza de su hijo, ese niño que era la ilusión, la vida, la continuidad de la sangre. Lo apretó contra su pecho y le besó el rostro. Lo miró fijo, sin dejar de recordar su rostro iluminado de vida y alegría en la mañana, ese beso de despedida, su expresión reclamando por aquel viaje y sus bracitos estirados para abrazarle. Recorrió cada momento que vivieron juntos como la primera vez que le vio con su osito rojo, recién nacido; sus risas y juegos infantiles. Su mente vagaba al azar por momentos erráticos de esos ocho años en que le había tenido.

Alguien le sacó de sus pensamientos al tocarle el hombro. Un carabinero le indicaba que había que trasladarlo a la morgue. La palabra ya sonaba fría, cruel y solitaria. Mario se negó a dejar a su niño en la parte trasera de ese furgón de carabineros: era como ultrajar la memoria de aquel ángel que había sido su vida y ahora se marchaba. Había un hombre a su lado al que nunca había visto, quien se ofreció a llevarle en su auto con el niño si los carabineros lo aceptaban. No sabía de quién se trataba, pero entendía su dolor. Luego de unos minutos de conversación, logró que le permitieran llevar a su hijo.

Capítulo IV

Mario tuvo la difícil misión de llamar a su padre, ese hombre a quien tanto admiraba y que desde joven había sufrido el dolor de la pérdida de sus seres amados. Primero por su madre, siendo casi un niño; luego al perder a su esposa pocos años después de casarse. Ahora era Mario quien le causaba el dolor más grande: la muerte de su nieto, de su pequeño Marito, ese niño tan especial y cariñoso que tenía ganado un sitial en el corazón de todos los que le conocían por su alegría y calidez.

A medida que transcurrían las horas, miles de pensamientos se agolparon en su mente. Se vio rodeado de sus hermanos sin saber con exactitud quién les había comunicado la noticia.

Cuando el momento de preparar a su niño llegó, fue Mario quien limpió su frágil cuerpo. Lo vistió con el traje que había utilizado menos de un mes atrás para el matrimonio de su tía Luisa. Esa había sido la primera y última vez que había llevado un traje… hasta ahora.

Capítulo V

Una vez en la iglesia, los abrazos y las muestras de apoyo no se hicieron esperar. Silvia estaba deshecha. El murmullo general de los asistentes era «¿Qué ha pasado?», «¿Cómo pudo ocurrir algo así?». Cuando Natalia miraba a lo lejos el féretro que cobijaba a su pequeño hermano, nacía en ella una pregunta que la acecharía de por vida: «¿Por qué él?». No había escándalos ni llantos descontrolados. El dolor rodeaba a quienes hasta esa mañana habían sentido de manera plena el amor y la felicidad. La mirada perdida de Mario observaba cada momento que habían vivido juntos, sus frases, sus cariños y juegos. Él era su otra mitad.

La iglesia debía cerrar. Había llegado el momento de que los padres dejaran solo el cuerpo de su pequeño en aquel lugar oscuro y solitario. Silvia no quería hacerlo, pero su marido la tomó cariñosamente del brazo y la condujo hacia la puerta, que se cerró.

Capítulo VI

Ese día, en el cementerio, una suave brisa rozaba los rostros dolidos de familiares y amigos, como una caricia sutil secando las lágrimas que rodaban por las mejillas de padres y hermanos. Se destacó la alegría y capacidad de observación de Marito. Había sido un niño atípico. Alguien diría por ahí que «no era para esta tierra». Nada de eso consolaba el dolor de su padre. En su interior se acumulaban las preguntas, la pena, la ira, aun cuando no sabía a quién. Miraba al cielo esperando que aquel mal sueño terminara en algún momento, pero eso no ocurrió.

Cuando el pequeño féretro llegó a su última morada, no quedó duda alguna: todo era real.

—Alguna vez pensé que podría ocurrir y, por ello, muchas veces le decía al Padre de los Cielos: «sé que son tuyos y nos los has prestado, solo dame la fortaleza si un día decides llevarlos». Hoy has llamado a mi hijo con sus cortos ocho añitos, pero te doy gracias, Señor, por ese maravilloso tiempo con mi niño, con ese extraordinario hijo.

»Dios mío, dame el consuelo y confirma mi esperanza y fe en tus promesas de encontrarme con mi niño, con mi pequeño para toda la eternidad…

Capítulo VII

Al llegar a la casa no había más que silencio. Mario entró al dormitorio de su hijo. Todo estaba igual que aquella mañana, incluso se podía percibir su olor de niño ángel. En la cama seguían las marcas del último juego que habían sostenido antes de despedirse, mientras un rayo de sol se filtraba por la ventana. Sus pequeños juguetitos y duendes eran testigos de aquella ausencia que nadie parecía entender. Dando una última mirada, Mario se dispuso a cerrar esa puerta donde se detuvo el tiempo para siempre.

Una voz lo sacó de su letargo: «¡Michael viene a verte!». Era Silvia, que le informaba sobre la llegada de ese cuñado algo extraño pero profundo que hablaba de metafísica y astros. Mario fue a su encuentro. No hubo palabras, solo un profundo abrazo y un largo silencio.

—Nada como un trago para soslayar el dolor —le dijo al sentarse a la mesa.

Así lo hicieron.

Si bien ese especial cuñado empezó hablando de las innumerables cualidades del sobrino que partía, logró distraer a Mario de su dolor con sus ideas sobre las transformaciones de energía y el camino del alma. También dijo algo que haría eco en los días venideros: «lo difícil aparecerá más adelante».

Capítulo VIII

Cada mañana, al despertar, giraba su rostro hacia el rayo de luz que se filtraba por la ventana, pensando que todo había sido un sueño y que pronto su niño entraría por la puerta y, de un salto, le abrazaría y besaría su rostro con aquella mirada infantil. El silencio que seguía a sus pensamientos era la confirmación de la triste realidad: su hijo se había ido y ya no sentía tener motivos para seguir viviendo.

Se levantaba al baño en una monotonía tan ritualista como absurda. Experimentaba el desgano y la rabia que le habían invadido durante su último episodio depresivo, aquel que los había hecho dejar la vida en Temuco para migrar al sur; aquel que, de manera indirecta, le había arrebatado a su niño. Al estar listo, se dirigía al escritorio por su maletín y besaba la frente de su hija, Natalia, quien seguía dormida. ¿Cuánto podría resistir esa rutina de viajes y trabajos en los que no quería estar? ¿Cuánto más soportaría esa vida irracional y cruel? Eran muchas las preguntas que se agolpaban en su mente y no tenían respuesta.

Cuando los sentimientos pudieron más que las obligaciones, dijo «no puedo más». La desesperanza y la angustia dieron paso a todas las penas y los dolores que había intentado ocultar. El doctor extendió la licencia que confirmaba los temores de su familia: un nuevo episodio depresivo se había desencadenado. Esta vez, sería aun más difícil sacarlo de allí. Encerrado en su mundo, solo escribía palabras tristes de cantos lastimeros que guiaban sus pensamientos hacia aquel cuerpo frágil, ya inerte, que lo había dejado. Su mente divagaba entre lo que podía haber hecho y no hizo en un ritual de culpas irracionales. Aisló a todos de su vida, encerrándose en su dolor y dejando fuera a quienes le querían y también sufrían.

Capítulo IX

Una noche, Silvia decidió encararlo sobre el tema, decirle que ella también sufría, que el niño que tanto extrañaba también era su hijo. La ira contenida en su interior emergió desbocada, tratando de traspasar el dolor.

Cuando volvió en sí, se encontraba en la sala de un hospital. Le dolía el pecho y una mascarilla de oxígeno cubría su boca. Después de quitársela, intentó hablar con la enfermera, quien le hizo un gesto para que se tranquilizara. Le explicó que había sufrido una descompensación y que el médico lo atendería pronto.

Los minutos pasaban y el facultativo no llegaba. De pronto, sonó un teléfono y la enfermera tomó nota de lo que se le comunicaba a través de la llamada. Al colgar, le informó que el médico había indicado inyectar diazepam. Mario se incorporó. Estaba algo extrañado y molesto. Consultó la razón por la que el profesional no se hacía presente para realizar la prescripción. La enfermera solo se encogió de hombros.

Mario se negó a recibir el tratamiento y exigió la presencia del médico. Las sienes le palpitaban. La enfermera, un poco turbada y temerosa, tomó el teléfono y comunicó que el paciente se negaba a recibir el tratamiento sin la presencia del médico. Una hora después, este ingresaba al policlínico.

Evidentemente molesto, el doctor se puso la bata y se acercó a Mario. Le increpó por su actitud rebelde de negarse al tratamiento indicado por teléfono. El padre, huérfano de hijo, solo movió la cabeza y, con una sonrisa burlona, le restregó el juramento hecho antes de titularse. Después, se paró y se marchó.

Silvia y Natalia le esperaban afuera. Mario estiró la mano hacia su hija.

—¿Te vas conmigo? —le preguntó.

Con los ojos llenos de lágrimas, Natalia se acercó a su madre como un niño en búsqueda de consuelo y protección frente a un ser extraño.

—No —le respondió a ese padre cariñoso y comprensivo—. Yo me quedo con mi mamá.

Aquella respuesta fue una daga que atravesaba el corazón de Mario. Pese a que Silvia intentó detenerlo, se subió a su auto y, acelerando, se marchó en dirección a la carretera. No había un rumbo claro. Quizás, el único destino era reunirse con su hijo.

Capítulo X

Jaime levantó el auricular cuando el teléfono sonó. La voz del otro lado le dijo algo que lo inquietó. Él, por su parte, respondió indignado. No era su costumbre: el trato cordial era su carta de presentación. Sin embargo, la cólera se reflejaba en sus ojos y en su rostro. Nada dijo a su esposa, quien lo miraba interrogativa, solo tomó el teléfono y comunicó que debían salir de inmediato. «Mario se ha ido» fue lo único que Isa alcanzó a escuchar.

Jaime la miró con una intranquilidad perceptible. Isa asintió. Entendía lo que debía sentir por aquel hermano que siempre había sido cariñoso y preocupado y que ahora vivía una situación tan dolorosa. Todo lo que alcanzó a preguntarle fue si sus hermanos lo acompañarían. Al responder, Jaime ya estaba sacando el auto del estacionamiento. No había tiempo que perder.

El frenazo le indicó a Arturo que Jaime y su hermana ya estaban afuera. Se despidió de su esposa con un beso en la frente y salió de casa con el celular en la mano. Urgía saber dónde estaba Mario, pero él no respondía.

Capítulo XI

La carretera húmeda restaba adherencia a los neumáticos. La cabeza de Mario era una sucesión de ideas, recuerdos: las palabras de su pequeña negándose a ir con él, el féretro descendiendo a su nueva morada, los besos de su hijo en aquella mañana, las decisiones de su vida, el trabajo esquivo que había terminado por arrojar de manera indirecta a su niño a la muerte.

Por momentos, el sonido del teléfono lo sacaba de sus pensamientos. Al mirarlo, leía en la pantalla nombres conocidos a los que no quería responder, voces que le dirían que se calmara, que parara... cosas que no quería escuchar: el dolor solo lo sentía él. La idea de una barrera de contención se asentó en su mente, parecía la única salida a tanta angustia y dolor. Aceleró a fondo, tan solo oía el rugido del motor. De pronto, el teléfono terminó ese baile con la muerte. Decidió responder. Después de todo, estaba dispuesto a partir.

—Mario, ¿dónde estás? —inquirió la voz familiar y cálida de su hermano, Jaime.

—Aquí, en la carretera —respondió. Su tono era duro y resuelto.

—¡Para! Conversemos. Reunámonos con Arturo y la Camencho en el café del servicentro en Lanco. Estaremos esperándote.

Mario sacó el pie del acelerador y frenó poco a poco. Sus acciones no eran movidas ni por su conciencia ni por él, algo más fuerte que su voluntad lo guiaba. Apoyó la cabeza en el volante y una lágrima rodó por su mejilla, dando paso a un llanto que le fue difícil controlar. Retomó la marcha. Al cabo de unos minutos ingresó al servicentro.

Los hermanos salieron del café unas horas más tarde. Arturo tomó el lugar del conductor y regresaron a Temuco.

Capítulo XII

Mario pasó los días siguientes en su casa paterna. Sus padres lo acogieron con ternura, entendiendo, compartiendo el dolor de perder a un ser amado. Pendientes de él día y noche, velaban su sueño como si cuidasen a un niño.

Durante las noches le era imposible quedarse dormido. Caminaba por aquellos pasillos, sin ruido, sumido en cavilaciones inconexas, entre incoherencias movidas por la ira y el dolor. Vagaba sin rumbo por el patio en busca de explicaciones.

Pasaba el día en compañía de su padre, aquel hombre al que siempre había admirado y con quien compartía el gozo de lo simple de la vida. Meticuloso y trabajador, le miraba a los ojos y Mario no podía ocultar sus emociones. Su madre siempre los observaba desde la distancia. Era parca y estricta, pero sufría en silencio el dolor de su hijo. Lo acompañaba despierta en sus paseos nocturnos, contemplándolo desde la puerta del dormitorio.

Una noche en que lo vio sentado a la mesa con la mirada perdida en una foto que pendía de la pared de la cocina, se acercó a él y, con cariño, hundió su mano entre sus cabellos rizados y los acarició lentamente. Aquel gesto de ternura y complicidad tocó a Mario en su destrozado corazón.

—Fue una buena foto —le dijo, y rompió a llorar como un niño.

Los estertores lo sacudían. Su madre lo tomó con cuidado y lo acarició. Habría querido decirle que todo pasaría, que estaría bien, pero solo lo arrulló ante aquel retrato de tres generaciones: abuelo, padre e hijo.

El tiempo era relativo y no distinguía la noche del día. Mario ya no sabía qué fecha era ni cuánto tiempo llevaba ahí. De vez en cuando lo llamaba su hija desde el seno materno para saber cómo seguía. Era su conexión con la realidad. Silvia esperaba en secreto que volviera, compartir con él ese dolor abrumador, pero tampoco se atrevía a pedírselo.

Las madrugadas en vela dieron paso a noches de pesadillas vívidas en las que buscaba a su hijo sin lograr encontrarlo para terminar en la escena de la carretera. Había llegado el momento de salir de allí y buscar sosiego, así que dijo a sus padres que regresaría a Temuco.

La tarde estaba oscura. Julio se había presentado frío y lluvioso. Mario tomó su automóvil y salió desde su natal Melipeuco con rumbo a la ciudad. Jaime y sus hijos estarían esperándolo.

El abrazo con su padre le proporcionó calma. Su madre le besó la frente y lo vio perderse a la distancia por el retrovisor, mientras una débil llovizna comenzaba a caer en su parabrisas.

Pasada la faja 16, como un juego cruel del destino empezó a sonar «Tabaco y Chanel». Era imposible no recordar a su hijo cantando esa canción, su preferida, en el asiento de atrás. Movido por la costumbre, miró por el retrovisor y se encontró con su espacio vacío. La lluvia ahora era intensa y la noche se hacía cada vez más oscura y cerrada. Una lágrima rodó por su mejilla y una leve luz brilló delante de él, seguida del impacto.

Cuando volvió en sí, Arturo estaba a su lado. Le preguntó cómo se sentía mientras el paramédico reparaba en la fortuna que tenía de seguir con vida. Sus palabras retumbarían en sus oídos y en su corazón: «usted debe tener un ángel que lo cuida y lo quiere mucho». Así debía ser, pues la máquina que estaba en la carretera aquella noche sin más luces que el punto que había visto brillar en la oscuridad habría podido matarlo en ese instante. El auto estaba por completo destruido y el brazo de la trilladora se había incrustado en el asiento del copiloto.

—No te preocupes —le dijo Arturo—, se lo vamos a mandar al cuñado y va a quedar como nuevo.

Lo único que invadía la mente de Mario era que, en efecto, «algo o alguien» lo quería con vida, pero ¿por qué?

Capítulo XIII

Jaime hizo todo lo que estuvo a su alcance para procurarle a su hermano la tranquilidad que tanto necesitaba. Ahora más que nunca era preciso que no le diera vueltas a todas las ideas que rondaban en su cabeza. Se hicieron frecuentes las reuniones entre hermanos para informarse de Mario. La preocupación aumentaba cuando él salía a la calle, casi era necesario vigilarlo. Temían que hiciera algo. Mario se había vuelto callado, reflexivo.

Sus paseos nocturnos se convirtieron en el desvelo de sus hermanos y sus familias. Ya no era raro que sonaran los teléfonos durante la madrugada advirtiendo de un nuevo escape.

Una noche de agosto, Jaime salió con su hermana menor, Luisa, a buscarlo. Empezaba a llover en el invernal Temuco. Los hermanos se detenían junto a cada garita donde se divisaba alguna presencia humana. Arturo, por su parte, lo buscaba en su sector.

Fue Luisa quien le advirtió a Jaime que el hombre que caminaba por el bandejón central de la avenida era su hermano. Se dirigieron a él y lo abordaron.

—¡No quiero volver! —exclamó—. ¡Déjenme solo!

Mario estaba fuera de sí. Movía los brazos con energía, indicándoles que se marcharan. Cuando Luisa quiso subirlo al auto, la arrojó al suelo de un fuerte bofetón, por lo que Jaime se abalanzó sobre él. Sin embargo, también fue víctima de la furia de su hermano. Estaba a punto de echarse a correr cuando reparó en lo que había hecho: esos seres que estaban ahí no querían más que su bien. En un arranque de cordura, se subió al auto sin musitar palabra alguna.

La mañana del nuevo día llegó con la promesa de bienestar, pero también llevaba la pesadumbre del sufrimiento. No había ruido en la casa. Tal vez los hijos de Jaime estaban en el colegio. Mario no tenía muy claro qué día era, solo sabía que no quería estar allí: cada cosa, cada olor, hasta ese barrio le despertaba el recuerdo del hijo perdido. Su cerebro empezó a divagar entre penas y memorias. De pronto, pensó en aquel primo que con cariño se había acercado a él con el sentimiento a flor de piel y, en un fraterno abrazo, le había dicho «estoy para lo que necesites».

Cuando Jaime llegó del trabajo, Mario le comentó su idea. Se iría a Argentina. Alejarse de todo le ayudaría a superar el dolor.

Te he cantado con mi guitarra y te he llorado con dolor desgarrado del alma. Nunca había sentido tanta pena, parece como si me hubiera quedado solo.

Capítulo XIV

El bus se detuvo en el terminal. Mario vio que Pascual le aguardaba en el andén. Su sonrisa amplia era la marca de un hombre bueno. En sus ojos llevaba el brillo de aquella tía amada, Haydée. Los recuerdos de infancia le invadieron y, casi como si fuese un niño, quiso que ella estuviera allí. Imaginaba sus caricias y palabras de consuelo en ese trance que vivía, pero la vida se la había arrebatado cuando su amor todavía le era necesario. Mario pensaba todas esas cosas mientras caminaba por el bus atestado de gente apresurada por bajar.

El abrazo le indicó que su llegada era bienvenida y que le confortaría estar en ese hogar rodeado de chicos. En efecto, los «chicos» salieron a su encuentro. Pascual llevaba un matrimonio feliz con su esposa, Libertad. Tenían cinco hijos: los mayores, Fede y Diego, y las tres Marías, trillizas muy dulces e inquietas. Tan pronto como llegó, Mario se vio rodeado de cuatro niños que le saludaban y abrazaban. Pudo percibir que alguien lo miraba sin saber de dónde. Su mirada empezó a buscar, hasta que dio con unos grandes ojos negros y un pelo enmarañado que se ocultaba detrás de la puerta. Pascual reparó en aquella situación y le advirtió que la menor de sus trillizas era un poco esquiva, pero que se iba a acostumbrar.

Capítulo XV

Se despertó lento, con el inicio de un nuevo día. Al girarse en su cama, se encontró con los mismos ojos grandes que lo miraban curiosos. Mario se incorporó con calma y le preguntó cómo se llamaba.

—Flo —contestó la pequeña niña y continuó observando a su tío.

—¿Quieres saber cómo me llamo? —le preguntó.

Antes de que pudiera darle una respuesta, la pequeña lo interrumpió preguntando por qué roncaba tanto. Mario no pudo evitar reír ante tanta inocencia. Sus brazos rodearon a la niña. Hacía tiempo que no abrazaba a un ser tan pequeño e indefenso. No pudo dejar de pensar en su hijo y en cuánto lo había necesitado en esos últimos momentos, ¿qué habría sentido él? Pensaba en eso cuando la pequeña Flo le secó una lágrima con su piyama y le cuestionó:

—¿Por qué tenés pena, tío?

Mario no pudo responder.

Desde ese día la niña se transformó en la sombra de su tío visitante. Para él, era más bien una luz en su vida. Sus cariños y juegos le hacían evadir por momentos el dolor que sentía.

Los días dieron paso a las semanas y estas a los meses. Pascual se preocupó por tener actividades diarias para el hermano, primo y amigo que ahora le necesitaba. La terapia pareció productiva, su ánimo y sus energías fueron recuperándose poco a poco. Salían a caminar, a cazar, a visitar amigos en las estancias cercanas. El clima también jugó un papel importante: los días cada vez más cálidos y el paisaje simple le dieron a Mario la tranquilidad que le hacía falta. Cuando todo iba bien encaminado, uno de sus hermanos le llamó para comunicarle que su amigo Rómulo se encontraba muy mal y que le había pedido a Silvia que lo llamara para despedirse. Era hora de volver.

Capítulo XVI

Mario decidió que no podía quedarse mucho tiempo en Temuco. Debía ser solo un paso por la ciudad, pues era imperioso que llegara al sur lo antes posible. Pensaba en ese amigo a quien la fortuna le había sonreído dos veces con el premio del Kino y que, así como había ganado, había perdido. Rómulo, ya mayor, con un fuerte sentido de la amistad y de la familia, desde un principio se sintió cautivado por la sabiduría e inteligencia del pequeño Marito.

«Se fue antes, pero allá nos espera» había dicho, sufriendo la partida del niño como si se tratase de un hijo propio. Había vivido todos los sabores y sinsabores que la vida le podía otorgar. Ahora se aprontaba a partir. Para Mario, en esas imágenes del amigo enfermo se cruzaba triste y meditabunda su amiga Flo, sentada en la escalera, puchereando la partida de su querido tío «Mayio».

En el terminal le esperaban sus hermanos. Lo recibieron con un caluroso abrazo, alegres de verle más compuesto. Preguntaron por la familia desperdigada por Argentina mientras hacían referencia a que el estado de Rómulo no era el mejor, por lo que la partida debía ser pronto. El mismo Jaime lo llevaría hacia el sur, pues ya era noviembre y no era fácil conseguir pasaje de un momento a otro.

La conversación fue variada durante el camino, pero a Mario le intranquilizaba la idea de volver al hogar que había abandonado ya varios meses atrás; la hija que había quedado llorando, temerosa, oculta entre las piernas de su madre, y, en parte, también enfrentar a Silvia después de tanto tiempo. Ella era la mujer con la que había formado un hogar, una familia, y, al igual que él, sufría la pérdida de su hijo. Cuando llegaron, la pequeña Natalia esperaba a su padre con ansias. Corrió a su encuentro con sus bracitos abiertos y le cubrió el rostro de besos. Al ver a Silvia, Mario pudo comprobar que algo había cambiado.

Capítulo XVII

La visita a casa de Rómulo fue más dura de lo que Mario había esperado. El cáncer que aquejaba a su amigo era muy agresivo y había avanzado muy rápido. Tal vez, él mismo había dado paso a esa muerte repentina ante los cuestionamientos de la partida de su pequeño amigo Marito. «Con él se fueron sus ganas de luchar» se había escuchado decir a su esposa.

Cuando Mario entró al dormitorio, pudo percibir el olor a medicamentos y el inconfundible aroma de la morfina, el azahar de la muerte. Saludó a Rómulo con cariño y pudo ver que sonreía. Hablaron largo rato. Le contó sus historias de caza en la república vecina y cómo habían andado kilómetros y kilómetros por pampas y llanuras muy diferentes a los paisajes del sur a los que su amigo estaba acostumbrado.

De pronto hubo un silencio. Rómulo le preguntó si volvería a marcharse. Luego le habló sobre el dolor compartido, de lo difícil de cargar con las penas por separado y de lo importante que sería para Natalia mantenerse rodeada de sus padres en ese trance tan doloroso. También mencionó lo inútil que resultaba buscar culpables. Mario reparó en ello, entendiendo que hacerlo no le devolvería a su hijo. Rómulo le pidió que no se fuera y que mantuviera a su familia unida, porque solo eso lo podría mantener en paz. Después de darle un fuerte abrazo, se durmió para no volver a despertar.

Mario necesitaba reflexionar todo lo que su amigo le había dicho a modo de despedida en su lecho de muerte. Se sentía confundido y acongojado. Optó por pasar la noche en un hotel. El día siguiente serían los funerales de Rómulo. Una vez que todo se calmara un poco, vería qué hacer.

Luego del sepelio, segura de que obtendría una respuesta negativa, Silvia le preguntó si se quedaría en casa, a lo que Mario respondió que sí. Había decidido confiar en su amigo y cumplir con aquel mandato también compartido por su padre: primero la familia.

Al llegar a su hogar, sintió familiaridad con los espacios y los muebles. La única puerta que custodiaba un secreto era la de su hijo. La abrió lentamente y encendió la luz. Para su sorpresa, encontró todo igual que la última vez que había estado allí. Volteó a mirar a Silvia, quien no pudo ocultar su pena. Le era imposible deshacerse de las cosas de su hijo. Todo estaba como él lo había dejado y se quedaría así. Esa frase resonó en las sienes de Mario como una orden indiscutible. No quiso dar paso a esa sensación, así que cerró la puerta.

Los días siguientes fueron la agonía de la vida en el encierro. Cada vez que sus pies salían del departamento era para guiarlo hacia el cementerio, donde contemplaba la tumba de su hijo aun sin mausoleo ni más indicaciones que la pequeña lámina que le habían dejado encima el mismo día del entierro. La inactividad lo agobiaba y le generaba mal humor. Ver a su hija en la escuela y a su mujer en el trabajo le recordaba que se encontraba sin obligaciones que lo mantuvieran ocupado. La vida se le hacía pesada y los días eran sucesivas agonías del tiempo perdido. La televisión se transformó en la evasión que necesitaba. Cuando la familia estaba reunida, los diálogos eran cortantes y agresivos.

En una de esas noches, Silvia le comunicó que sus hermanos irían a instalar el mausoleo de Marito la mañana siguiente. Mario se incorporó de un salto y preguntó cuándo lo habían acordado ellos, como padres. No hubo respuestas.

Al día siguiente, ya en el cementerio, mientras se disponían a poner la piedra, Mario preguntó por qué no lo habían consultado. Fuese como fuese, se trataba de su hijo. Sin mayores trámites, sus cuñados le dejaron ver que eran ellos los que pagaban; por lo tanto, no necesitaban su opinión. Esas palabras cruzaron como dagas su corazón, reabriendo toda herida que creía estar curando. Silvia ocultó la mirada y no dijo nada en lo que Mario pudiera apoyarse para afianzar su papel de padre. Entonces entendió que ya nada era igual. En un arranque de ira, les gritó que, de no ser por ellos mismos y su dinero, la lápida no sería necesaria y su hijo estaría con vida. Silvia palideció y le imploró que se callara. Mario salió del cementerio colérico, impotente. Sintió que su cuerpo se agarrotaba y un fuerte dolor le golpeaba las sienes.

Capítulo XVIII

Cuando despertó, Mario vio a Luisa, quien dormía a los pies de su cama. No sabía dónde estaba ni cuándo había llegado allí. Tenía sed y un sabor extraño le secaba la garganta. Trató de moverse, pero se dio cuenta de que tenía las manos sujetadas por las muñecas a la barandilla de la cama del hospital. En ese último intento, Luisa se incorporó y una mujer de bata blanca ingresó a la sala.

La doctora Ana Luisa —Mario recordaría ese nombre por el resto de su vida— le explicó que había sufrido una descompensación y que llevaba un par de días en ese estado de somnolencia asistida. Lo de las manos era un intento por evitar que se hiciera daño, algo que, en ocasiones, hacían los pacientes en su condición. Le expresó que se había expuesto a situaciones de mucho estrés debido al accidente y a la posterior muerte de su hijo. Además, los eventos que siguieron al acontecimiento inicial habían contribuido a dicho estado de ansiedad y angustia.

—Tranquilo —le dijo, acercándose a él de forma maternal—, yo te voy a ayudar.

Las semanas siguientes, Mario tuvo intensas sesiones de conversación con la doctora. Los temas eran variados y no siempre rodeaban a Marito. Encontró en la profesional a una mujer desinhibida y mordaz, de comentarios agudos y muy certeros. Aprendió de muchos de sus errores y lo importante de vivir el trance sin evasiones, con la vista al frente y asumiendo la realidad: su hijo se había ido y no volvería.

Cuando salió de la clínica, tenía claro que los reguladores de ánimo le acompañarían el resto de su vida y que era preciso vaciar todo lo que sentía. Tendría que probar con asociaciones libres. Debía escribir sus sentimientos cada vez que quisiera.

«En un abrir y cerrar de ojos me cambió la vida», se dijo a sí mismo. Estaba de pie frente a la tumba de su hijo. Pronto se cumpliría un año de su partida, pero él sentía que todo seguía igual. Los acordes de una guitarra desgarraron su corazón:

O volver en el perfil de un niño,
como un amanecer que ha renacido.

Conocía esa canción, pero nunca la había sentido más ni lo había lastimado tanto como ahora. Al llegar a su casa, tomó su agenda y, cerrando los ojos, escribió en su mente que solo veía las risas y el rostro de su pequeño ángel.

Mi niño, jamás te olvidaré. Te amo y te amaré por siempre, hijo.

Mi viejo chico.

Mi quiquillo.

Mi viejo papicho.

Te echo mucho de menos.

Hay momentos en que me apeno.

Tu ausencia es mi tristeza. Te fuiste tan temprano... aunque siempre sería anticipado.

Es el hijo quien debe sepultar al padre.

Te había esperado tanto tiempo y llegaste.

Tendría quien llevaría mi apellido y mi sexo a las nuevas generaciones.

Pero, sobre todo, tendría un amigo, un compañero, un alumno para la vida, un apoyo.

Fuiste quien mejor me entendía.

Me amabas de manera incondicional.

Hasta siempre, hijo.

Mario decidió que no podía seguir viviendo en la tortura del recuerdo constante, de mirar su puerta cerrada y esperar escuchar la voz que no oiría. Si aguantaba, era por su hija y la promesa de mantener la unidad familiar hecha a su amigo Rómulo. Los vacíos que lo separaban de Silvia eran grietas cada vez más grandes que amenazaban con destruir un día lo que quedaba de su familia.

Cada uno se cobijó en sí mismo para vivir su dolor y en ese trance se perdieron. Se miraban con rabia, con pensamientos no dichos, con culpas no enfrentadas ni asumidas. Todo eso estaba cubierto por un manto de falsa ternura y comprensión. Debían hablar, pero no buscaban los espacios para hacerlo y los temas terminaban siendo motivo de discusión e incomodidad. La grieta empezó a expandirse.

Capítulo XIX

Mario sentía que su presencia no era importante: hasta las decisiones más mínimas eran tomadas por Silvia o sus hermanos. Los días transcurrían con agonía. Se cuestionaba su obediencia, el haber querido hacer siempre todo bien, su vida ordenada, y ¿para qué? Para que, en cualquier momento, el destino... Dios le arrebatara todo. Se reveló frente a Dios, contra la vida y todo lo que había creído siempre.

Sus ausencias eran percibidas en su casa. Silvia sufría en silencio su incomunicación, su hosquedad. No sabía cuánto más podría soportarlo. Mario cuestionaba su negativa de tener otro hijo. Si bien ambos sabían que nada les devolvería al que habían perdido, ella no estaba preparada para volver a intentarlo, y le parecía que eso había terminado de separarlos.

Mi querido hijo, se me han pasado los días visitando hermosos lugares en Argentina. Tu recuerdo permanece cada día y a cada instante he conversado de ti adonde he ido. He recibido consuelo y cariño de personas que jamás había visto. Me han acogido como nunca habría imaginado. Creo que desde donde estás has seguido cada uno de mis pasos, porque ahora conoces el amor perfecto y nada se esconde ante tu faz. Sabes cuánto deseo que hubieras estado conmigo en estas andanzas; es decir, tu cuerpo físico. Solo me conforma saber que de alguna manera sí estás.

¡Me siento solo! Pero me reconforta sentir que el Señor me mantiene, me acaricia. Creo que he perdido a tu madre: está imbuida en lo que ha llamado su actual vida. Me desorienta, me aleja de su lado. Soy como un barco a la deriva. Quiero volver a ser feliz. Sufro angustia, hijo. Me siento poco digno y hay quienes me juzgan en silencio, con sus miradas, actitudes y palabras. Aun no sé si he logrado recuperar el deseo de seguir en esta vida, el cual perdí cuando te fuiste de mi lado.

Sé que no debo rendirme, pues he de agradecer a Dios y a todos los que me quieren, pero no sé si tengo la fuerza necesaria. ¡Me haces tanta falta!

Capítulo XX

La noticia del nacimiento de Vicente, su primer sobrino nieto, le dio un respiro a la vida agitada y bohemia que Mario estaba llevando. Ese mismo hecho le ayudó a ver que ese no era él y que no le gustaban ni las cosas que hacía ni su conducta desenfrenada. Ahora tenía que apoyar a su tan querida sobrina, quien se había adelantado un par de pasos en la vida al convertirse en madre a tan corta edad. Todos acudieron a conocer al nuevo integrante de la familia. Y entre arrullos y risas recibieron otra noticia: Luisa estaba embarazada de su primer hijo.

El año inició con noticias alegres que llenaban de energía a la tan golpeada familia. Mario decidió que era tiempo de buscar rumbos, preguntarle a la vida qué más llegaría para él. Sus hermanos continuaban vigilando su ánimo y sus conductas. Se notaba triste, sus manos ya no tocaban la guitarra. Sus ganas de vivir habían partido con su hijo. Mantenía sus sentimientos y pensamientos ocultos del mundo. Ese silencio era lo que más les preocupaba.

Pasó esos meses entre sus padres y hermanos, visitando de vez en cuando a su hija en la casa del sur, donde la puerta permanecía cerrada. La salud de su padre estaba deteriorada. Siempre fue un hombre fuerte, pero sabía que su corazón ya no estaba del todo bien. Las penas de las partidas desde su juventud fueron carcomiéndole de una manera que los médicos con su ciencia no podían explicar.

Mario estaba dormitando en el sillón de su hermano cuando el teléfono le sacó de su somnolencia. Una voz conocida le saludaba y le daba el pésame. Se trataba de su ex colega Neira, quien se había enterado poco tiempo atrás de la desgracia de su hijo. Por momentos, no escuchaba ni entendía lo que él le decía. Su agobio quedó manifiesto cuando Mario le preguntó cómo sabía su número. La pregunta sacó a Neira de su distracción y lo llevó a abordar el motivo por el que lo llamaba: ahora dirigía un colegio y había pensado en él para ocupar las horas de ciencias. Era una escuela rural, rodeada de paisajes y lejos del bullicio de la ciudad.

—La verdad, Mario, creo que es lo mejor para ti en este momento —concluyó Neira.

—Te contesto luego: tengo que pensarlo.

No estaba preparado para volver, pero sabía que necesitaba sentirse independiente y ocupado, así que aceptó.

Capítulo XXI

El aire de la costa llenó sus pulmones. Era tal como se lo habían descrito: silencioso y lejano, el lugar perfecto para desaparecer. Los aromas eran extraños, a tierra mojada por los humedales circundantes. Había brisa por momentos fría. Se escuchaba el sonido del mar.

El colegio se abría espacio como un espejismo en medio del desierto y la carretera, desde la que se veía el infinito en ambos sentidos. Era la perfecta metáfora sobre seguir y continuar. ¡Qué fácil decir «debes reponerte» cuando la herida aún sangra y solo tú sabes lo que pesan la cargas que llevas a cuestas!

El ambiente era tranquilo. Había pocos estudiantes y pocos profesores. La dinámica diaria le hizo llevaderos los primeros días de su autoconfinamiento. Poco a poco se fue haciendo conocida la historia que acongojaba su corazón. Algunos temían abordar el tema ante la posibilidad de no saber qué decir, otros se agachaban y pretendían no saber nada. Había algunos que solo le miraban. En sus almas libraban sus propias batallas.

Capítulo XXII

Una mujer de mirada tranquila y sincera lo observaba desde la cocina durante las comidas cada día, hasta que una mañana le habló con calma sobre la vida y el dolor.

Rondaba los sesenta años. Le habló de su infancia y le contó cómo, siendo una niña, había sido secuestrada y enviada a Chile, donde creció con una familia que le era ajena, lejos de su gente y de sus raíces, pero que la hicieron parte de ellos. Al crecer, fue «robada» a la usanza antigua por su marido y cada día llegaba en bote al colegio.

El rigor que la vida había tenido con ella contrastaba con sus ojos dulces y su mirada transparente. Abrazó a Mario con sus palabras y le hizo comprender que no estaba solo. Nació entre ellos una complicidad solo comparable con la de una madre con su hijo. Se respetaban por sus vivencias, pero, sobre todo, se querían por sus testimonios.

Cada persona era un mundo extraño y complejo en esa tierra lejana y sacrificada. Los estudiantes cargaban pesadas historias de abandonos forzosos, de padres ausentes, de madres que trabajaban en la capital y que debían dejar a sus hijos al cuidado de sus abuelos. Eran niños que desde pequeños aprendían la crudeza de la vida, pero que, a pesar de todo, todos los días tenían un nuevo motivo para sonreír.

Así se sucedieron los días, uno tras otro. Muchos pensamientos invadían a Mario. A la claridad de la primavera le seguían las lluvias de otoño y el rigor del invierno. Era como si cada nueva estación le recordara su oscura tormenta interior. Entre las tinieblas de esos días grises, la herida volvía a abrirse.

Su hijo aparecía ante sí en el rostro de cada niño que lo saludaba en el patio. Cuando inició el tercer año de permanencia en aquel lejano lugar, a su coraza de sentimientos se sumó una nueva aliada: la rutina, o al menos eso creía.

Capítulo XXIII

El inicio de un nuevo año llevaba consigo nuevo personal. Algunos rostros dejarían de estar, otros llegarían. Fue así como Mario supo que el Flaco se había ido, por lo que era necesario que alguien ocupara su lugar. De todas maneras, siempre era bueno volver a ver esas caras que ya eran parte de su cotidianeidad y de su vida. Chanquín pasó a ser un escape, una tregua que le permitía estar en soledad y constante reflexión. Aún dolía, pero el sufrimiento ya era parte de él.

Estaba cenando en compañía de sus colegas cuando el director ingresó a la cocina para presentar a la profesora que reemplazaría al Flaco. Como las incorporaciones nuevas eran frecuentes, nadie hizo mayores ademanes de dejar lo que estaba haciendo. Mario levantó el rostro, pero solo vio un pequeño abrigo azul.

Capítulo XXIV

De contextura pequeña, tez morena y grandes ojos café, Amanda era una mujer joven, recién egresada, llena de ilusiones y esperanzas sobre la carrera que tanto amaba. Oriunda de Argentina de nacimiento, había hecho de Chile su patria en el corazón.

Había crecido en Lonquimay y lo amaba desde que tenía memoria. Cada lugar de ese pedazo del mundo exclamaba a gritos la sencillez de su gente. Lo veía como una tierra indómita de pioneros. Le gustaba imaginarlos llegando a una tierra de nadie rodeaba de araucarias y bosques nativos, haciéndose a fuego cada uno de sus pasos y desafiando heroicamente los embates del clima y los duros inviernos de antaño.

Amanda atesoraba cada una de las historias que su abuelo Vicente le hubiera contado durante su inocencia de niña curiosa, ya fuese de cómo rescataban a los animales de la cordillera durante el invierno, de su forma de trabajar la tierra o de aquel macabro enfrentamiento que tiñó de sangre el Bio Bio. Esa sola imagen la persiguió durante toda su vida: incluso la convirtió en su tema de tesis.

Su vida había estado llena de desafíos, tales como dejar la tierra natal para instalarse en aquel pueblo que amaba a pesar de sus costumbres extrañas. Allí era una forastera, pero supo ganarse un lugar entre los que la rodeaban. Desde joven había aprendido el valor del trabajo y la importancia del sacrificio. Veía en sus padres el ejemplo vivo de amor a la familia.

Los recordaba estableciéndose en Lonquimay. Sacando piedras con una carretilla para poder poner árboles que dieran sombra a su pequeña casa, hogar producto del esfuerzo y del amor. Este último estaba presente en cada uno de sus gestos desinteresados y en todo lo que hacían por sus hijas. Aunque Amanda guardaba las mejores memorias de aquellos días, no se sentía capaz de expresarlo. Algo había que le impedía verbalizarlo.

Era verdad que había vivido episodios dolorosos, pero se sentía orgullosa de la persona que era y de las marcas que aquellas situaciones habían dejado en su vida: se trataba de sus «heridas de guerra», que la habían ayudado a enfrentarse a la ciudad cuando, debido a sus estudios, hubo de establecerse en Temuco.

Admiraba a las personas capaces de expresar sus emociones, pues ella misma no podía sacar a flote sus sentimientos. Se había convencido de que las emociones eran signo de debilidad. Ahora ya era demasiado tarde para volver atrás. Aun así, esa dureza le daba una falsa sensación de fortaleza.

Capítulo XXV

Cuando entró a la sala de profesores por primera vez, Amanda sentía que su corazón latía con más fuerza de lo normal. Ahora, cada dificultad enfrentada en la soledad de su pieza de arriendo mientras estudiaba tenía su recompensa, así como cada tristeza, incluso el frío y el hambre. Era difícil estar lejos de casa.

Le presentaron a todos los profesores con quienes trabajaría, pero no logró vincular los nombres a sus caras.

Al ingresar a la habitación, confirmó que nada era como se lo habían enseñado. A veces, como dijera Oscar Wilde, simplemente la realidad supera la ficción. Ese era su lugar.

Capítulo XXVI

Los días eran rutinarias sucesiones. Pronto, Amanda se dio cuenta de que no podría soportar el encierro sofocante que la oprimía. Intentó marcharse para trabajar en otros lugares, pero su falta de experiencia se lo impidió. Siempre creyó ridículo pedir experiencia a un recién egresado. El día iniciaba a las 7:00. Llegaba al liceo a las 7:50. Las clases duraban hasta las 10:00; después desayunaba y regresaba a trabajar. Almorzaba a las 12:00 para seguir impartiendo clases. El término de la jornada era a las 16:00. ¿Qué se suponía que debía hacer después de esa hora? ¿En qué ocuparía sus tardes? El final era el colegio y la carretera desde la que se veía el infinito en ambos sentidos.

Capítulo XXVII

Mario ingresó a la sala de profesores. Era habitual que llegara temprano a su lugar de trabajo, pues no había mayores distracciones en el camino y vivía al lado de la institución. Pensaba en eso cuando una pregunta le sacó de su ensimismamiento:

—¿Me prestas un lápiz?

Al levantar la vista pudo ver a Amanda, quien lo miraba con ojos alegres. Pensó en responder con la típica ironía que habría usado con sus demás colegas, pero optó por extender la mano y pasarle el suyo, diciendo:

—Quédatelo, me lo devuelves más tarde.

Ese simple hecho fue el inicio para que conversaran. Muchas otras colegas de distintas edades habían pasado años antes por ahí; sin embargo, había algo en esa joven muchacha que llamaba su atención. No sabía si era su juventud e idealismo o su risa transparente. Más allá de lo que fuera, algo en ella le atrapaba, pero, con sinceridad, no tenía tiempo para detenerse a meditarlo: aunque no eran muchas sus ocupaciones en ese rutinario lugar, su cabeza seguía siendo un nido de ideas a veces inconexas.

Durante la cena conversaron de sus procedencias. Él también había sido nuevo, así que sabía la importancia de hacer sentir al recién llegado acogido y parte de la comunidad. Resultó que la joven era de Lonquimay, muy cerca de su natal Melipeuco. Al menos, geográficamente tenían algo en común.

Aquellos encuentros se generaron en distintos espacios del colegio las semanas siguientes. Siempre era agradable conversar con esa joven desinhibida y sin prejuicios. Los libros eran su fortaleza, pero era evidente que ocultaba historias que humedecían sus ojos. Amanda tenía una simpática forma de evitar aquellos temas que le causaban conflicto. Los evadía con astuta gracia para transformarlos en momentos de alegría. Poco a poco fueron transcurriendo los días, y las esporádicas conversaciones dieron paso a reflexiones más profundas sobre la vida, la importancia de la familia y el sacrificio como medio para lograr los objetivos propuestos. Se sumó también la afición por el truco.[1]

Las tardes se teñían de un tenue anaranjado, con una brisa otoñal cargada de salinidad. Mario le propuso a Amanda salir a caminar: de todas maneras, era temprano y no habría cena hasta las seis. Anduvieron sin rumbo sobre la carretera. Hablaban de todo y de nada, reían de los nuevos chistes que iban recordando a medida que avanzaban en el camino. Sin proponérselo, Mario abrió su corazón y le compartió su dolor ante la partida de su hijo. Era cierto que Amanda era joven, pero su sensibilidad ante la vida y el dolor lo reconfortaron. El tema de su expedición fue la transformación de la vida, la aceptación del dolor y la muerte. En definitiva, algo no concordaba en ella: su edad y su forma de ver el mundo eran un misterio que llamaba cada vez más la atención de Mario.

---

1 Juego de naipes con baraja española originario de Valencia y muy difundido en España, América del Sur e Italia. Es muy popular en el sur de Chile, donde se juega siguiendo las reglas de Argentina.

Capítulo XXVIII

Un nuevo sentimiento le recorría cada mañana, una energía vital que le hacía despejar su mente y reír cuando nadie estaba alrededor. La soledad se marchaba de su vida y daba paso una nueva sensación: ¡quería vivir! Mario sentía que cada momento era una oportunidad, tenía ganas de hacer cosas nuevas.

Esa noche, sentado al borde de la cama de su departamento de profesor, volvió a tocar su guitarra.

Las letras fluyeron como un manso río en búsqueda de su cauce. Una a una, aquellas canciones olvidadas inundaron la habitación y su alma. Poco a poco iba ampliando su repertorio con las letras de su vida, desde sus años universitarios y su matrimonio, que ahora parecía un lejano recuerdo, hasta el nacimiento de sus hijos. Cuando el unicornio azul asomó por sus labios, una lágrima rodó por su mejilla y un nudo le oprimió la garganta. Continuó rasgando la guitarra. Así, las notas dieron vida a aquel canto censurado por los años y la crudeza del dolor. Al terminar, estaba invadido de tristeza y nostalgia, pero ese dolor que le carcomía el alma hacía ya cinco años le estaba dando una tregua a su corazón.

Capítulo XXIX

La mañana del 19 de mayo sorprendió a Mario con una nueva prueba: su padre. Aquel hombre a quien tanto admiraba, dedicado con devoción al servicio público, el que había llegado a Melipeuco cuando las condiciones de vida eran en extremo sacrificadas. Recorría esas rurales calles en bicicleta. Había perdido a su esposa y se había hecho cargo de sus tres pequeños hijos, negándose a dejarlos al cuidado de sus abuelos cuando contrajo segundas nupcias. Así, logró formar una enorme y unida familia. Él, que había sido su apoyo y consuelo en aquellos días ahora lejanos y sombríos, había muerto.

Mario se sentó en su cama y oró, pero no con tristeza, sino dando gracias de que aquel hombre fuera su padre, de lo mucho que representaba en su vida y de todo lo que había dejado en él. Dio gracias por el marido, padre y abuelo, porque sus enseñanzas le habían marcado para siempre, por lo días compartidos y por aquella última conversación, días atrás, en la que le había manifestado que ya estaba listo, pero que su corazón se acongojaba por su amada Inesita y por su hermano, quien dependía emocionalmente de él. Ahora, esa charla sería el testimonio del amor que los unía y un mandato implícito de lo que debía hacer, una última tarea de su amado padre.

Preparó su bolso con las cosas que necesitaría esos días. Silvia pasaría a buscarlo para reunirse con la familia. Salió del departamento y se dirigió a la oficina de Neira, pues debía entregar una información antes de partir. Al levantar la vista en una de las tantas escaleras del patio, sus ojos se encontraron directo con los de Amanda. No hubo palabras de pésame ni aquellas fórmulas verbales inventadas por la sociedad para dar consuelo en situaciones de dolor. Mario recordó que, en una de sus caminadas conversaciones, ella había manifestado su incapacidad de verbalizar ante situaciones de duelo. Solo la abrazó, y ese abrazó encerró todas las palabras que no pudieron ser dichas. Se consolaban mutuamente por la pérdida de Mario y por las pérdidas que Amanda no había podido enfrentar.

Capítulo XXX

Un mar de gente se volcó a las calles, la iglesia estaba repleta de personas que estimaban y respetaban a don Luchito, como era conocido. Todos, de una u otra manera, querían darle el último adiós a aquel servidor, «el Doctor», como muchos lo trataban de cariño.

En la casa de la esquina, una mujer deshecha lloraba al amor de su vida. Lo había conocido a los catorce años y luego lo había perdido al irse a trabajar a Santiago. Supo que se había casado a través de un hermano, quien también, años después, le informó que estaba viudo. Recibió a ese hombre en matrimonio con sus tres pequeños hijos y le dio cuatro niños más. Ahora, él la dejaba para irse en un viaje al que ella no podría seguirlo.

Mario y sus hermanos aceptaron los términos de sepultación que su madre impuso, de modo que se dirigieron hacia la iglesia para acompañar el féretro de su padre. Recibiendo innumerables muestras de apoyo y cariño de la gente.

Los recuerdos se agolparon en la mente de Mario. Claro que ahora el que se iba era un hombre en el fin de sus días con la vida ya hecha. Natalia le sacó de sus cavilaciones, pues una delegación de su colegio había llegado en representación de sus colegas. Al levantar la vista pudo ver a Amanda entre la gente que ingresaba a la iglesia. Entonces sintió calma.

Unas horas después salió de la iglesia. Amanda estaba sentada en el cordón de la vereda. Tenía la vista perdida en las montañas, reviviendo sus propias despedidas y librando sus propias batallas. Mario se le acercó y le dirigió una mirada tierna. No necesitaban las palabras, ya se conocían.

Conversaron sobre la gente y sobre cómo había tomado la noticia cada uno de sus hermanos. Evidentemente, algunos estaban más afectados que otros. En esos momentos era importante la contención, bien lo sabía Mario. La charla no fue larga; sin embargo, ambos tomaron fuerzas de ella para luchar contra sus propios demonios.

Silvia los miraba desde la puerta, no necesitaba preguntar nada más. Sabía que Mario no volvería. Entendía que las razones de sus viajes cada vez menos frecuentes al sur no obedecían a compromisos contraídos. Algo se había roto, ya era tarde para enmendarlo.

Cuando Mario se quedó solo, Silvia se acercó y le preguntó con quién hablaba. Él la miró sorprendido.

—Con una colega —respondió, sin saber a qué iba la pregunta, y volvió a entrar en la iglesia.

Capítulo XXXI

El rigor del invierno se hizo presente, ya no podría haber caminatas por aquella larga carretera sin horizonte. Las noches se imponían sin dar paso a la tarde. El día se cerraba con la tertulia diaria de naipe y mate amargo, pero ahora se sumaba la guitarra y un don desconocido para Amanda: el canto. Así, fueron descubriendo aspectos del otro. Confidenciaban sus tristezas y alegrías. Cada tarde había una nueva sorpresa y el tiempo se detenía. Cuando estaban juntos no había espacio para nada ni nadie más. Se buscaban, necesitaban esas conversaciones entretenidas y a veces profundas. Los fines de semana eran lentas agonías que se llenaban de esperanza los domingos.

Sin que se dieran cuenta, algo empezó a crecer entre ellos.

Cada gesto estaba lleno de galantería. Gustaban de su compañía y de los momentos compartidos. Pero aquello que parecía sano y positivo no quedó exento de las miradas malintencionadas y de los comentarios ponzoñosos de quienes veían en su amistad algo pecaminoso y perverso.

Amanda fue citada por Neira a la oficina, quien buscaba abordar en aquella reunión aspectos personales. Pero si había algo que Amanda no iba a permitir era consejos de paternidad de una persona sin ninguna ascendencia familiar sobre ella; mucho menos si no los había pedido.

La reunión terminó con la puerta de la oficina azotada de un golpe. ¡Qué osadía la de ese hombre! Hablarle de sentimientos que ella no tenía, meterse en su vida privada de esa forma y sin ninguna autorización. Al llegar a su dormitorio, muchas preguntas se agolparon en su mente: ¿y si era verdad? ¿Y si, en efecto, algo que ella no lograba percibir pasaba entre ellos y era visible a los demás? ¿Qué estaba ocurriendo?

Era cierto que le gustaba su compañía y que había algo magnético en la forma en que se comunicaban. Le agradaba sentirse protegida a pesar de haber sido siempre un ave libre. Después de tanto vuelo y tempestades enfrentadas, era grato sentir que podía compartir con alguien que no la hacía mantenerse en pie de guerra. Tampoco entendía muy bien por qué sincerarse con Mario le era tan fácil.

Amanda pensaba en eso cuando tocaron la puerta. Salió de sus cavilaciones con un suspiro. Fuera lo que fuera que estuviera pasando, las vacaciones de invierno ordenarían sus ideas. Además, tenía otros asuntos de los que preocuparse. Su viaje anual para encontrarse con su amado abuelo era el estímulo que necesitaba y, tal vez, también lo era la distancia.

Capítulo XXXII

Los días siguientes fueron fríos y oscuros. Las tardes, cada vez más cortas, reducían también los momentos de esparcimiento. Cuando las vacaciones de invierno llegaron, el peso del semestre ya era evidente. Realizaron la despedida de los estudiantes luego de las convivencias y de los chistes en la sala.

Antes de irse, Mario y Amanda coincidieron en la sala de profesores. Cada vez que se veían se detenía el tiempo. Era evidente que algo pasaba, algo mágico y sin nombre. Se despidieron como siempre, deseando el merecido descanso que buscaban tiempo atrás. Cuando los demás profesores ingresaron, cada uno hacía lo suyo entre sus cosas.

Una vez en la carretera, tomarían rumbos distintos, enfrentando por separado su propio camino. Amanda pensó que tal vez así debían ser las cosas y una sombra de tristeza le cubrió el rostro.

Capítulo XXXIII

Durante su cruce por los Andes, los ojos de Amanda se perdieron en la inmensidad de ese manto blanco que lo cubría todo de pureza, ahí donde no había nada más que el camino en su altura máxima. Muchas interrogantes concurrían en su mente: ¿qué era ese nuevo sentimiento que estaba experimentando? ¿Por qué gustaba tanto de la compañía de ese hombre, su confidente, su amigo? Se convenció de que esa distancia obligada les ayudaría a pensar.

Su abuelo era el mismo hombre que había visto el año anterior. Los surcos en su rostro eran las huellas de tantos años de soledad, tristezas y alegrías. Seguía siendo la persona que le daba refugio y cariño. Había en sus palabras picardía y calidez, pero sobre todo la sabiduría que los años y la experiencia le dan a las personas dispuestas a aprender de la vida.

Cada minuto a su lado fue una recarga de energía, una reconexión con su infancia, cuando la inocencia y la felicidad se fundían en una vida de tranquilidad, rodeada de amor. Las conversaciones giraron en torno a temas de la vida, la familia y el amor. Su abuelo era un hombre inteligente y observador. Le dijo que en algún momento «llegaría el cieguito que se haría cargo de ella». Era su forma jocosa de decirle que el amor, lo quisiera o no, se haría presente. Fue en ese momento cuando le dijo algo que la cambiaría: «a veces conocemos a una persona con la que por mucho que pase el tiempo, siempre es como la primera vez, y no volvemos a buscar a nadie más».

A la hora de partir, Amanda sentía en su corazón la tristeza de dejar a ese ser tan fuerte y al mismo tiempo tan débil. La despedida siempre era un momento duro: él manifestaba que tal vez era la última vez que se verían y se fundían en un abrazo sin tiempo. Ella le hacía prometer que no se marcharía aún, pues debía esperar a conocer a sus hijos. Se había transformado en una promesa que le daba la esperanza del tiempo. Él, por su parte, la conformaba con una inclinación de cabeza y una sonrisa.

Estaba cansado, era cierto, y la muerte, tantas veces llamada y esquiva, lo dejaba a la expectativa de un dormir que todavía no llegaba.

Desde la ventana del taxi, Amanda lo miró mover la mano de hombre viejo, despidiéndose de esa nieta con quien había logrado establecer lazos tan puros y sinceros. Una lágrima rodaba por su mejilla.

Mientras Amanda regresaba de su viaje, un nudo le oprimía la garganta. Siempre tenía esa sensación de miedo: ¿y si de verdad era la última vez? Debió haberle dicho que lo amaba, que lo extrañaba cada vez que se iba, lo mucho que lo admiraba. Se durmió entre todas esas ideas. Mario estuvo en sus sueños.

Al despertar, sentía nostalgia por los tiempos idos, por sus abuelos, por la risa de su abuela que lo envolvía todo, por esos días de niñez con ellos, por la infancia recordada y por sus momentos compartidos con Mario… lo extrañaba.

Capítulo XXXIV

Volver a la rutina del trabajo nunca le había resultado tan grato como esa vez. Al llegar a cenar vio a sus colegas, a sus amigos. El reencuentro entre Amanda y Mario fue un abrazo sincero y apretado. Se dijeron muchas cosas en ese saludo. Se extrañaban, se necesitaban. Era el momento de asumirlo.

El primer partido de truco precedió a las anécdotas de las vacaciones, las historias de lo hecho, de lo vivido. Llegó con ello una sorpresa inesperada: Mario le llevaba un presente. Al abrirlo, Amanda encontró un libro del Martin Fierro. No esperaba que él recordara lo mucho que significaba para ella. Cuando lo vio, dejó escapar una expresión de alegría y sus ojos brillaron al borde del llanto. Eran muchas las cosas que ese libro representaba para ella, su abuelo estaba en su mente. Le dio a Mario un fuerte abrazo en agradecimiento y pudo sentir el aroma de su perfume. No había olvidado lo mucho que le gustaba.

Al regresar a su habitación esa noche, vio que el libro contenía un hermoso secreto, una dedicatoria que decía todo lo que ella también sentía.

Señorita, es usted un primor,
mas cuando juega envido,
¿no sabe que prohibido contra una flor?
Y ahorita la convido,

como haría un recio matro,

a echar el resto jugando,

al truco, retruco, ¡¡¡y vale cuatro!!!

Quise en estos versos representar algo de aquello que nos ha hecho buenos amigos: el truco, el cual también ha tallado en mi vida, dejando alegría, entretención y picardía. Como buenas semillas, dan fruta de buena amistad y afecto sincero.

Me haces bien.

Ese fue el primer paso del camino que emprenderían.

Capítulo XXXV

Sabía que lo que sentía por Amanda no sería fácil de asumir frente a la gente que les rodeaba. Ese fin de semana se reuniría con Marcela y, de seguro, hablarían de ello. Sentía que podía confiar a su hija aquel amor secreto que estaba creciendo en su interior.

La semana transcurrió muy de prisa y, una vez en Temuco, acudió al llamado de su hija. Marcela estaba angustiada, triste, complicada; muchas cosas pasaron por su mente hasta que ella, rompiendo en llanto, le confesó la verdad: ¡estaba embarazada!

El corazón de Mario dio un vuelco y la vida giró en 180 ° en un instante. Abrazó con ternura a su hija, ya habría tiempo para mayores averiguaciones, ahora ella le necesitaba. Evidentemente, su madre no lo sabía, de hecho, ella esperaba que fuera él quien la ayudara cuando debiera enfrentar a su madre.

—Lamento haberte fallado, papá—dijo, secando sus lágrimas.

Mario la miró con ternura y pasando un suave pañuelo por su mejilla, esbozó una sonrisa.

—Hija, un bebé siempre es una bendición. No me has fallado, yo estuve lejos cuando me necesitabas, me encerré en mi dolor y me olvidé de todo y de todos. Ahora más que nunca estaré contigo— le dijo.

Ambos se fundieron en un abrazo consolador.

—Este era tu secretito— dijo, sonriendo.

Sin duda, ser abuelo le llenaba de alegría, pero sumaba otro obstáculo a su relación con Amanda, otra convención que deberían sortear.

—Papi, ¿qué me querías contar?

Las palabras de Marcela lo sacaron de su ensimismamiento. Mario la miró y sonrío

—No creo que sea el momento para hablar de ello, ¿debes ir al médico? —le respondió.

Marcela, por su lado, insistió:

—Pero, papá, ¿no confías en mí? Dijiste que era importante.

Los ojos suplicantes de la joven denotaban preocupación. Mario pensó que no podía hacerle eso, mucho menos en ese estado en el que se encontraba. Se removió en su asiento. Esta iba a ser la primera vez que verbalizara sus sentimientos a alguien más, no era fácil y, aun a su edad, se sentía un chiquillo. Suspiró largo, buscando las palabras precisas.

—Hija, conocí a alguien. Nos queremos y lucharemos por estar juntos —dijo, observando las reacciones de su hija.

Ante sus palabras, no pudo evitar que se le escapara una exclamación de alegría. Había notado cambios en el ánimo de su padre pero no sabía a qué atribuirlos, ahora todo tenía sentido: las salidas de fin de semana, los cantos alegres, las risas a solas, ¡estaba enamorado! Mirándolo fijo, le dijo:

—Así que este era tu secretito,

Ambos rieron en la complicidad del pequeño departamento de interior de su hija.

Capítulo XXXVI

Chanquín era ahora un recuerdo. Había pasado un tiempo desde que recibió ese libro que formaba parte de su colección de tesoros. Los días dieron paso a los meses y luego a los años.

No había sido fácil emprender aquella travesía. Enfrentar la realidad de que se querían no era todo, también había familias, pasados y convencionalismos que debían sortear. Y lo estaban logrando cuando una lapidaria realidad los desafió de nuevo: a pesar de quererlo, Amanda no lograba quedar embarazada. Los pronósticos no eran alentadores. Mario le insistió en que la única forma sería pedir ese tan anhelado hijo a quien tenía el poder de dar y quitar la vida; solo poniendo su fe en ese deseo podrían conseguirlo.

Amanda debió luchar con su orgullo, siempre le había costado ver en Dios a un ser preocupado por personas normales como ella, mucho menos se sentía «candidata» a un milagro real. Esas cosas no le pasaban a gente así. Sin embargo, cada vez fue conectándose más con la idea de que era el único camino para realizar su sueño.

Quedaba la esperanza de un procedimiento que permitiera estudiar desde dentro la causa de la infertilidad. Decidieron realizarlo. Los exámenes preoperatorios y el pabellón estaban listos. Amanda realizaría un viaje a la casa materna, a fin de poder estar con su familia antes de someterse a la intervención que tenían planeada. Mario, por su parte, iría a «Meli» a encontrarse con sus hermanos.

La despedida no fue muy armónica: los ánimos estaban tensos entre ellos. El trabajo, las angustias e incluso la falta de comunicación los tenían molestos, así que resolvieron salir por separado.

Para Amanda, el viaje fue una sucesión de hechos incómodos que le causaron mareos y fatiga. Miró el cielo estrellado de Lonquimay. Siempre había amado su paisaje de otoño cordillerano. Esa noche estaba particularmente frío y las luciérnagas estelares brillaban con mayor intensidad. De pronto, se encontró pensando «¿y si estuviera embarazada?». La idea le provocó alegría y, al mismo tiempo, tristeza. La desechó cuando notó que una tímida lágrima rodaba por su mejilla. Al llegar, su madre y sus hermanas la esperaban. No pudo ocultar que no se sentía bien, pero acusó a la demora del bus y lo agotador del viaje. Sin embargo, una extraña inquietud rondaba por su mente.

Al día siguiente conversó con su hermana, Ángeles. Le comentó aquello que la atormentaba.

—Pero, Amanda, ¿y si de verdad estás embarazada?

Capítulo XXXVII

El corazón de Amanda latía con fuerza cuando Ángeles llegó con el test. Su lado lógico le aseguraba que no era posible, lo decían los médicos y el sinfín de exámenes que se había realizado. Pero albergaba una pequeña esperanza, un deseo desenfrenado que intentaba detener. Se convenció a sí misma de que era una pérdida de tiempo, pero la prueba ya estaba ahí.

Al salir del baño, le advirtió a su hermana que no se ilusionara. A modo de chiste, le dijo que, de estar encinta, tendría que apadrinar al bebé. Pusieron la pequeña prueba sobre la mesa y se dispusieron a esperar. Sin embargo, estuvo lista antes del primer minuto: «Positivo».

Sus ojos no daban crédito a lo que veían. A su lado, mientras tanto, Ángeles saltaba y lloraba de la felicidad. Debía contárselo a Mario.

Ese mismo día regresó a Temuco.

Capítulo XXXVIII

Cuando entró al departamento, Mario ya estaba ahí. Aún recordaba que la despedida no había sido alegre.

—Mario, tenemos que hablar —le dijo, mirándole con serenidad.

Era evidente que él no quería conversar: seguía molesto por una discusión que habían tenido unos días atrás; pero ablandó su rostro y preguntó de qué. Sin vacilar, Amanda estiró su mano y le pasó el test de embarazo. Mario lo observó y cuestionó de quién era.

—Es obvio que es mío —replicó Amanda molesta.

Mario se puso de pie a su lado, besó su frente y llamó al médico. La orden de exámenes de sangre sería emitida el día siguiente: debían confirmar el embarazo. Se abrazaron en silencio por un largo rato, no había nada más que discutir. El sentimiento que los unía no había cambiado pese a la torpe discusión que habían tenido.

El resultado estaría listo en la tarde. Las horas nunca parecieron más lentas que ese día. Además, Mario estaba en el trabajo. El laboratorio entregó el sobre cerrado y Amanda no pudo controlar su curiosidad. Lo abrió camino al hospital, pero no entendió nada de lo que vio, y lo poco que pudo comprender no le gustó, por lo que lo dejó como estaba.

El médico la llamó a la consulta apenas se hubo desocupado. En minutos que parecieron horas, abrió el sobre y lo observó con detenimiento para concluir:

—Entonces se cancela el pabellón, tienes seis semanas de embarazo.

Esas palabras retumbaron en Amanda, ¡estaba embarazada!

Mario entró al departamento y la sonrisa de Amanda era la conclusión de lo que necesitaba saber.

Al entrar en la ecografía, el médico advirtió que era posible que no vieran nada, pero que sí escucharían su corazón. De pronto, el silencio de la habitación fue roto por un tren desbocado que latía con más y más fuerza. Era su bebé.

Mario sintió alegría, pero también temor de que aquella ilusión fuera a esfumarse, de que ese pequeño tren no alcanzara la estación. Él bien lo sabía: no todos los embarazos llegan a puerto. De cualquier manera, ocultó sus inquietudes y las guardó solo para él.

Capítulo XXXIX

El embarazo se desarrolló con total normalidad. Era la sensación de los estudiantes de Amanda, quienes veían en esa pequeña e incipiente guatita un juguete que respondía a los estímulos que ellos pudieran hacer dentro de la sala. Seguían sin decidirse por algún nombre: aún parecía inverosímil que después de tres años solo pasara.

El médico recomendó una ecografía tridimensional para asegurar que todo se desarrollara con normalidad. Así fue como lo supieron: el bebé que esperaban con tantas ansias era una niña. Solo faltaban un par de meses para conocerla.

Era inevitable que los recuerdos volvieran a Mario. Pensaba en Natalia y su impetuosa llegada, tan pequeña y tan dulce, su pequeña hija, a quien seguía queriendo «unomil», y su «pequeño obispo» vestidito de rojo en su cuna, ese diminuto paladín y caballero de tantas historias blancas que se había adelantado en la partida, a quien extrañaba y extrañaría hasta el último de sus días.

Capítulo XL

Esa tarde, Amanda se sentía cansada, como si el cuerpo le pesara más de lo habitual. Le preocupaba el hecho de que ya no sentía a su pequeña Emilia moverse. Mario tocó la guitarra igual que otras veces, pero la bebé no respondió. Decidieron tomarlo con calma. De todas maneras, a la mañana siguiente tenían que asistir a control.

Durante la noche, Amanda durmió mal y por ratos, pues constantemente debía ir al baño, hasta que un sangrado la alertó. Despertó a Mario y llamaron al médico. Ya era hora.

Una vez realizado el ingreso en la clínica, se dirigieron al pabellón. El monitoreo fetal indicaba que la niña estaba lista para nacer. Fueron conducidos a la sala donde esperarían el traslado. Los minutos se hicieron eternos. Cuando el camillero llegó a buscar a Amanda, Mario le sonrió y le aseguró que todo estaría bien.

En su mente se agolpaban los recuerdos, las dudas. Una alegría contenida le oprimía el pecho. El enfermero le pidió que se pusiera la ropa esterilizada para poder ingresar al pabellón. Cuando salió al pasillo, la camilla de Amanda iba entrando.

Estaba ansioso y emocionado al inicio de la cirugía. De pronto, un pequeño cuerpecito estaba en las manos del doctor.

—¡Ahora la foto, Mario! —exclamó.

Mario hizo la fotografía, pero nadie sabía que el mejor retrato que tendría de aquel momento era justo ese, en el que las emociones confluyeron todas en una sola, cuando vio a ese pequeño ser tan indefenso y tan fuerte al mismo tiempo. En aquel instante, sintió que la vida le daba una nueva oportunidad.

Otras novelas publicadas

La tierra que la vio nacer (Jacqueline Hernández)

Pablo: una vida, una mujer, una oportunidad (Arlis Milán Mosquera)

Borealis. La historia de Saskia y su dilema con el frío (R. York)

Peligrosa ingenuidad (Alberto Romero)

Vuelve a intentarlo (H. Chávez)

Recuerdo de un verano adolescente (Susan Barría)

Un latido de venganza (Valeska Olguin)

Amor prejuicioso (Mabel Peralta)

www.ingramcontent.com/pod-product-compliance
Lightning Source LLC
LaVergne TN
LVHW091224150826
845673LV00003B/996

* 9 7 8 6 1 2 5 0 7 8 3 6 0 *